句集

四神

SHIJIN

Hatsuto Hachiya

蜂谷一人

朔出版

「朱雀」蜂谷一人画

句集　四神　目次

句集　四神

I

航路

三八句

初詣ホテルの庭の祠まで

新年や削れば白きカウンター

薄氷風の足跡ありにけり

反り返る力を残し火の目刺

包丁にこそげ鱗や夕桜

花筏わかれて閉づる舟のあと

ぶらんこの裏まで見せて跳びにけり

アイロンの白き航路や春深し

春火鉢遠視近視のふた眼鏡

春愁や卓ごとにあるコンセント

灰となるものを香らせ春の闇

夏めくや鉄条網に何かの毛

ワイエスの女三つ編み麦熟る

白靴を箱より出せば風つのる

両耳を吊らるるやうに立つ夏野

心太突いて夜空を滴らす

腸のどつしりしたる目高かな

冷麦を水を離るる高さまで

龍骨のかたちの日本南吹く

大虚子の墓に拾ふや落し文

もう繭のかたちに糸のからみゆく
明日は煮る繭の白さでありにけり

親切な人に草矢を打ちにけり

男坂途中茅の輪の見えて来ぬ

折り紙の裏の真白や秋めきぬ

八月や閼伽桶に浮く金の塵

不知火は海の鳥居を離れざる

全長を曲げて袋の秋刀魚かな

吹けば鳴るコーラの瓶や初嵐

藤の実の金剛力やなほ割れず

浦祭真水にひたす海のもの
林檎むくまあるくほどけゆく時間

赤ありと言はれ赤買ふ海鼠かな

ひだまりの象舎にひとつ帰り花

提げるより担いでみたき熊手かな

狐火やホールインワン出でし丘

道の灯の届かぬホーム雪女

青空は星空となり凍豆腐

Ⅱ

天鵞絨

四一句

数の子や蒔絵の金の波頭

相棒をお嬢と呼びぬ猿回し

アトリエの裸婦春風をまとひけり

春光や端の膨らむ卵焼き

白魚は光の粒を呑んでをり

中食へ白衣に羽織る春コート

もう土へかへる桜でありしもの

惜春や汁粉に添ふる塩昆布

絵硝子の聖母の眸明易し

金継の碗の景色や夏燕

リボンから老いてゆくなり夏帽子

噴水のおほきな翼濡れにけり

打水の一滴ごとに日の宿る

駄菓子屋に老人多し釣忍

水無月の水買ひにゆく雨の中

よく紙に染みて築地の鯵フライ

塩辛き声がバナナを甘くせり

長靴を正装として鰹躍る

箱庭の家に父なき日暮かな

くろぶだうみのりはじめのうすみどり

ひかがみの昏さをかすめ秋の蝶

珈琲に開くミルクや涼新た

厚底の靴のつまづく昼の虫

中元のかさばる箱をたたみけり

まづ甘くだんだん淡き西瓜かな

腐臭あり金環食に唐桃に

雑巾の乾けば尖る秋の昼

錦木や長き廊下の踏めば鳴る

追ひついて足踏みしたる踊かな

枝豆のとびしあたりが夜の色に

天鵞絨の肩より落つる十三夜
惜しみなく鋤きこまれゆく穭かな

初霜や断てば輝く花鋏

呼び鈴の遠くに鳴りぬ冬館

マフラーを解く間も言葉あふれけり
蒼き灯の底を聖夜の魚となる

裸木や斧といふ字に父在す

ふうと吹く白湯の甘さや冬桜

青御影石に香の立つ冬の雨

北風や肥料袋に薄き耳

春近し三本脚の木の小椅子

Ⅲ

砂時計

若菜野を貫くものを道といふ
琴の音に餅花そよぎ始めたり

砂時計落ちてしづかや春時雨

吊革に届くおほきな苗木かな

ゴムとびの脚を浮かせて春の風
掻いてやる鸚鵡の嘴やうららけし

教室の椅子持ちだして花の宴

掘割の水に潮目や花筏

配線のやうに風船売の空

日暮里の春夕焼に間にあはず

蛤の舌夕暮に触れてをり
風車回れば息のやうなもの

正の字を競ひ新入生選挙

リモートの会議退出して日永

はつなつのみづうみよりも光る声

五つ食べ残りも食べしはじき豆

水中花首振りながら沈みけり

教室は風呂屋の匂ひ梅雨に入る

それからは何も加へぬ梅酒かな

夏蝶の出入りしてをり自動ドア

箱庭の角に車を駐めにけり

ゆく雲や夏野の我の遠ざかる

甲板を泡の流るる涼しさよ

絶頂が奈落に変はる土用波

夏痩や箸割りたればささくれる

後のりのバスの前降り月見草

紙玉の破片降らしぬ揚花火

はつあきのあをきポケットチーフかな

用水をうどん流るる秋の昼

汀より坂のはじまる里祭

影淡く揺らめくものを草の市
露草の野に寝て水となるからだ

室外機よりの熱風震災忌

秋簾巻きとるスカイツリーごと

白粥に藻塩振りたる無月かな

席ゆづるひとのコートのひるがへる

マスクして半分づつの二人かな

雨あがる鍋焼きうどん待たされて

宝石の図鑑暖炉に椅子を寄せ

凍蝶に触れてより夢青みけり

てまひまのものを木箱に冬ぬくし

寒泳や少年の嘘透きとほる

緋の紐の畳をうねる久女の忌

投げ上げて受くるボールや春隣

Ⅳ

痛点

四一句

若水をふくめば芯のごときもの
羽子板の押絵横顔ばかりなり

まん前が雛やエレベーター開き
菓子箱のリボン子猫に結びけり

合鍵に香るヘリオトロープかな

公魚と指のしづかに繋がりぬ

望楼やくわんおん寺の花の雲

折鶴の首の疲れや花の雨

燕来るしばらく留守にする家に

藤棚へ昇る紫煙や輪の崩れ

蜃気楼出ましたと市の広報車

塩に食ふ豆腐甘しよ夏はじめ

鯉のぼり猫のもぐつてをりにけり

卵黄に血のついてゐる聖五月

少女らの皮膚に絵を貼る夏祭

葬列を離れて空へ夏の蝶

日の当るところは淀み夏の川

入所日やマーガレットに風硬し

正座して胸の高さや扇風機

知恵の輪のかたちに乾く蚯蚓かな

七つ八つビールジョッキをひと抱へ

タバスコの大瓶朱夏の皿に骨

身に星を宿して烏賊の裂かれけり
スポンジの泡やサングラスも洗ふ

蜩の声の紗幕をくぐりけり

年輪に座れば見えて葛の花

野球部のひとりを借りて相撲かな

芋虫の頭のはうへ話しけり

八朔やふとぶととと書く一字の名

箔押しの賛美歌集や秋の風

鈴虫や画面に増ゆる文字の列

ぽこぽこと芋も話も煮えてきぬ

青空の痛点として裸木は
掃き寄する落葉よろこぶ仔犬かな

吊釘にジャンパー重ね守衛室

喪の家の塩に冬芽の香のしたり

遠くから手を振るカフェの冬帽子
巻きつくるコード聖樹を回しつつ

湯豆腐のにぎやかにして二人きり

劇場の裏口の灯や寒の雨

春待つや朱の残りたる女人堂

V

海賊船

あらたまの年のはじめの鯉の金
初夢の我はピアノを弾いてをり

立春やぱかんと開く鯖の缶

沈めたるものを眠らせ春の海

さりさりと塩を喪服に鳥交る

四月馬鹿椅子転がして取る電話

花疲れケーキバイキングのやうな
野遊やよく湿りたる膝と尻

妹にひもを嚙むくせ夏帽子

水玉の触れてひとつに柿若葉

麦秋やコップの水にひたす匙
すれ違ふ日傘の影を小さくして

引きあぐる湯葉うすうすと梅雨に入る

停車位置修正中やかたつむり

レシートに赤き線入る桜桃忌

牛の尿浴びたる蟇の鳴き始む

湖といふ水盤に雲を活け

涼しさや海賊船は湖を出ず

夏館使ひきらざる鍋の数

うすものやバカラを昇る銀の泡

レコードの黴の溝より遠き声

海を描く津波の町の絵灯籠

月白や信号機より通りやんせ

枕辺に衣服を畳む白露かな

九人で満員の店衣被

寒流の昏さを湛へ秋刀魚の眼

そのころの梨の小さき子規忌かな

糸瓜から束子に変はる途中なり

水切りの礫は秋の夕焼まで

いづこにもなき赤電話秋の暮

小さき絵に白き舟ゆく素秋かな

火恋し春画に紅き蔵書印

焼栗の金の爆ぜたる石畳

北塞ぐ次第に重くなる借家

梟の黙の重さを手にのせぬ

自転車の往診鞄冬の星

朝市や指入れてみる鮫の口

白菜と犬を荷台に乗せしまま

鉄鍋を滑る牛脂や小夜時雨

ペン先の二つに割れて古日記

葉牡丹のサラダのやうな花壇かな

地下書庫に『ペスト』を探す寒さかな

馬跳びの最後冬夕焼と遭ふ

VI

四神

三九句

目をつむる母が真ん中初写真

初写真初写真とて二度三度

しばらくは小石を乗せて薄氷

蛤の汁に朧のごときもの

春雷のひそむ文箱をあけにけり

鉛筆を回せば尖る啄木忌

別々の時間をさして海胆の針

春雨やうすむらさきの鳩の首

遠足の列駅員は駅を出ず

決めかねて二匹もらひし仔猫かな

自転車の補助輪はづす別れ霜

地下街を水の流るる立夏かな

爪切られ耳洗はれてこどもの日

箱釣りの膝をおほきく濡らしけり

白シャツに匂ふ人工甘味料
七枚の黄金のこはぜ祭足袋

そら豆を噛めば日なたの匂ひせり
しろがねの鰺の光に刃を入るる

街角に虹を届けぬ撒水車

灯りたる海月の中の小さき町

円陣を解いて麦茶をまはしけり

八月の空より真つ逆さまに音

秋色や点景として舟のひと

ひぐらしや波の広がる心字池

人ひとり入れて閉づるや真葛原

散華より軽ろき蜻蛉をたなごころ

弁当の林檎のうさぎ手に隠す

脚わろき鳩の来てゐる草の花

裏口に吊る虫籠に家の鍵

石室の四神眠らぬ星月夜

座布団の綿のはみ出す神無月

使はずに結ぶベルトやコートの背

冬めくやひときは白き爪の月

山眠る碧き種火を蔵しつつ

冬空の最高点へザイル伸ぶ

凍鶴は龍の鱗を帯びてをり

離れにも次の間のあり実千両

眠き子は畳に寝かせ里神楽

七星の柄杓をこぼれ寒の水

Ⅶ

蛍光

四二句

悪筆の一枚を撫で年賀状

大筆の筆の走りも馬日かな

海胆を手にのせて鉛の海の色

天狼の蒼の一滴犬ふぐり

虹色の虻の来てゐる忌日かな

まち針の朱を連ねたる春の昼

灯油屋が神酒所に変はる春祭

風光る鋏を入るる飴細工

春風を宿しべつかふ飴の泡

裏口の吸殻の山猫の恋

長椅子の丈のからだや春眠し

象の子に象の母なき五月かな

すくはれて裏を見せたる金魚かな

鍵に合ふ鍵穴探す夏館

蚊遣火のらせんを時の進みをり

若竹を両断すれば刃の濡るる

夏木立抜けて三角屋根の駅

流心のきらめきに釣る山女かな

空蟬を残して声となりにけり

雪渓は一番星へ続きをり

帰省子や鉛筆削り付き机

青芝のすれて百葉箱へ道

刺さるとき目を閉ぢてをり赤い羽根

名月やコロッケを添へ駅の蕎麦

秋川の曲がるところや天守閣

啄木鳥を聴いてにはかに一人きり

虫ゴムをとほる空気や秋の昼

木犀の香や書留の封を切り

ガリレオの月の素描や水の秋

うそ寒やついて離るる鋏の刃

学校の時計が見えて刈田道

床を這ふコード七色冬支度

青帯の岩波文庫冬の海

俗名に日の当りたる冬紅葉

出がらしに薄き羊羹一茶の忌

隙間風卵くづせば汁にごる

丸薬のこぼれ転がり蜜柑まで

大根もその品書も飴色に

わたくしを待つて直立するブーツ
クリスマスリースを嗅いで子犬かな

去るものは光となりぬ冬かもめ

靴下の蛍光ピンク春近し

VIII

境界線

四二句

銭湯に軍手干しをり初御空

読初の飛んで十万八千里

トタン屋根おほき我が町猫の恋

水揚げの魚の走れる余寒かな

昼点いて白熱灯や虚子忌なる

山は暮れ海は急がず湯治舟

＊湯治舟＝虚子が別府で詠み、春の季題とした

しろがねのしつけ糸抜く春時雨

ひと鉢のかくまで重し菊根分

先頭はもう汀まで春祭

初諸子歯にまつろはぬ小骨あり

春灯やきつねうどんに木の葉丼

まあだだよ声とほざかる暮の春

硬券に入るる鋏や青嵐

羽化を待つ少女の肩のレースかな

傘雨忌や老優おほき文学座

糸電話ほどの張力かぶと虫

泉より戻りしひとの匂ひかな

花柄のビニールクロス豆ごはん

べたべたの七味の瓶や扇風機

父の日や無声映画のよく転ぶ

北斎の版ずれを買ふ夜店かな

石鎚の朝霧なれば深く吸ふ

四国には四海ありけり爽やかに

指に裂く鰯にごつと背骨かな

支へなきものは地を這ひ牽牛花

とんばうの太きところをつまみけり

頬の身がうまし眼張も白桃も

組み立てる盆灯籠に畝と溝

月一つあげて金比羅歌舞伎かな

一周に足らぬ荷紐や暮の秋

海へ向く盲導犬と秋遍路

石を置く地図の四隅や枯野道

小春日や鸚哥の歌ひだすマーチ

鍵束のことごとく錆び冬薔薇

カトレアを襟より外し茶漬けかな

数へ日や落丁のあるミステリー

手袋を卓に境界線として

谷底の空の全周十二月

鉄棒の下掘れてをり冬菫

寒波来る砂消しゴムに紙破れ

もう誰も住まぬ実家の氷柱かな

よく弾むものの中でも寒雀

凍瀧へ歩めば時計遅れけり

句集　四神　畢

動画的俳句論——後書きに代えて

句集の後書きは、お世話になった方々への感謝や、自分と俳句との関わりについて記されることが多いようです。それが正しいやり方なのでしょうが、少々気恥ずかしい。そこで長年テレビのプロデューサーを務めてきた経験を活かして、小論を掲載してみようと思いました。名付けて「動画的俳句論」。映像の用語を用いることで、俳句の理解を深めようという試みです。今回は「俳壇」誌に掲載したものに加筆して用いることにしました。

例えば、切字。大抵の入門書では「や」「けり」「かな」の役割は「詠嘆」と説明されます。じゃあ、切字の役割はどれも同じなの？　そもそも詠嘆って何？　と初心者は疑問を抱きます。こうした疑問に答えるのは案外難しいことですが、映像の用語を用いれば、難解な概念をある程度平易に説明できるのです。

切字「や」

切字「や」とは何ですかと質問されたら、私は「編集点のようなもの」と答えることにしています。名句を例にとってみましょう。

明ぼのやしら魚しろきこと一寸　松尾芭蕉

この句は、「明ぼのや」と「しら魚しろきこと一寸」の二つの部分に分けられます。動画で言えば、まず明け方の空が映っている。朝焼けに燃える空です。次のカットでは白魚が映し出されます。一寸と長さを言っていますから、泳いでいるのでなく恐らく網に掬われたところ。ピチピチとはね、透明な体が朝焼けに照らされて茜色に染まっています。早春の川辺の情景が鮮やかに映し出されました。この句は字余りの十八音ですから、仮に十八秒の映像と考えてみます。初めの五秒が朝焼け。残りの十三秒が白魚です。この五秒と十三秒を繋ぐのが編集点。切字の「や」がそれに当たります。動画に詳しい方ならご存じでしょうが、二つのカットをそのまま繋ぐのがカット編集。切字「や」はこれに似ていると私は考えています。もう一句例を挙げてみましょう。

菜の花や月は東に日は西に　与謝蕪村

まず画面に菜の花が映っています。鮮やかな黄色の花です。次のカットで東の空に昇る月が写されます。カメラはそのままパンして西の空に沈む太陽をとらえます。パンとは、三脚や自分の体を支点として左右にカメラを振ること。ちなみに、上下に動かす場合は、パンアップ、パンダウンです。1カット目は菜の花の固定ショット。2カット目は月から太陽へのパン。私なら丘の上にカメラを置き俯瞰カットとして撮影します。そのほうが風景が広くなり、パンもゆったりとした速さになるからです。

さて、この映像の文法をあてはめれば、「や」の前と後ろで別のことを言わなければならない、という俳句のルールの理由がわかります。映像ではカットを繋ぐときに禁忌があり、そのひとつが「同ポジ」と呼ばれるものです。カメラを移動せず、同じ位置から撮影した映像同士は繋げません。例えば、人物を撮り、続いて同じ位置から人物のいない風景を撮ります。この2カットを繋げると、ぱっと人が消えたように見えます。特殊撮影など、効果を狙った場合はいいのですが、通常の動画でこれをやるといかにも不自然です。同じように切字「や」の前後ではカメラの位置を変えなければならない。つまり別の映像を映し出す必要があるのです。

切字「けり」

ぶらんこの裏まで見せて跳びにけり　　蜂谷一人

拙句は子どもの頃の思い出です。ぶらんこを立ちこぎして、思い切り反動をつけて跳ぶ。そんな遊びに夢中になった時代がありました。「けり」は過去を表す助動詞「き」に「あり」がくっついたもので「○○であったなあ」という過去の詠嘆を表します。映像の用語を用いればフェイドアウト。映像が暗くなってゆき、やがて真っ黒になる編集上の技法で、回想シーンなどに用いられます。現在のシーンと過去のシーンを、通常のカット編集で繋ぐと、いつの話かわからなくなり混乱します。フェイドアウトを挟むことで、視聴者は

「ああ、これは過去のシーンなんだな」と了解します。過去であれば、昨日のことでも百年前のことでも、あるいは平安時代のことであっても構いません。「けり」は過去へのタイムマシンなのです。

切字「かな」

切字の三つ目は「かな」です。「かな」は最もゴージャスな切字。句の最後に使われることが多いため、ドレスシューズやパンプスのように足元を引き締め、正装を際立たせます。映像の世界には「白飛ばし」という技法があります、映像の最後がじわっと白くなる編集法です。通常の編集点とは異なり、映像の終わりの感じが強く出ます。映画や番組の最後に使われた白飛ばしをご覧になった方も多いでしょう。これが「かな」の効果です。強い余韻をもって一句の最後を引き締めます。

さまざまのことおもひ出す桜かな　松尾芭蕉

音声の効果は音楽が高まって終わる感じ。壮大な交響曲のエンディングを思わせます。

カメラ

動画制作の現場で、編集作業に先立つのが撮影です。撮影ではまず、どういうスタイルの番組にするかを考えます。それに伴ってカメラの用い方が変化します。俳人の鴇田智哉さんはＮＨＫ俳句の「句のひとみ」というコーナーでカメラワークについて触れています。それを踏まえながらカメラの用い方について考えてみましょう。次の二句を見てください。

あれを買ひこれを買ひクリスマスケーキ買ふ　三村純也

霜掃きし箒しばらくして倒る　能村登四郎

クリスマスケーキの句では、「あれを買ひこれを買ひ」でカメラが色々な店に立ち寄って買い物をしながら、最後にケーキ屋にたどり着く様子を思い浮かべます。この映像、何か思い当たりませんか。ＢＳの人気番組「世界ふれあい街歩き」のカメラワークに似ています。イメージでいうと旅人が目の位置にカメラを構えて歩き、興味のあるものを次々に写して行く手法です。映像の世界ではこうした手法を「主観カメラ」と呼びます。

これに対して箒の句の方は、一部始終を離れたところから見ています。例えば寺を想定してみましょうか。僧が境内の霜を掃いた。その箒をどこかに立てかけた。しばらくして箒が倒れた。こんな時系列になります。誰かが、どこかからこの光景をじっと見つめているわけです。普通のカメラマンなら置かないような場所にカメラを設定して、長時間写し続けるもの、ありますよね。そう、防犯カメラです。電柱やコンビニに設置してあるやつです。

つまりクリスマスケーキの句は街歩きカメラ。箒の句は防犯カメラ。カメラの用い方によって映し出される映像、つまり俳句が異なることがわかっていただけたでしょうか。ちなみに能村登四郎には「春ひとり槍投げて槍に歩み寄る」という句もあり、ここでも時間の流れが描かれています。意識的に防犯カメラを用いた作家なのではないでしょうか。

カメラ位置

俳句を短い動画ととらえれば、俳句を詠むあなたはカメラマン兼監督。高山の頂上であろうが、深海の底であろうが自由自在。思いのままの場所にカメラを置くことができ、しかも誰かの許可も、高価な機材も必要ありません。そのカメラは、平場に置かれるだけではありません。クレーンに乗って上下に動いたり、ドローンで飛び去ったり。映画と同様にダイナミックな表現は動くカメラによって実現されるのです。次に紹介する句は、本来置くことのできないはずの場所で撮影しているおもむき。

東山回して鉾を回しけり　後藤比奈夫

鉾は京都の祇園祭の山鉾。山鉾巡行は毎年七月十七日に行われます。その見せ場が辻回し。十トンもある巨大な鉾を人力で方向転換する作業です。路上に青竹を敷き詰めます。その上に車輪を乗せ、滑りをよくするために水を掛けます。掛け声や扇で合図を出すのは音頭取りの役目。押す人と引っ張る人の息を合わせます。見事に回れば、東山もくるり。この緊迫の一瞬を詠んだのが掲句です。さて、カメラはどこにあるのでしょうか。「東山回して」ですから背景が回っています。ということは山鉾の上にカメラが乗っているわけです。祇園祭りの関係者でなければ、置くことのできない場所です。すごいですよね。こうして撮影された1カット目は見物人ではなく、鉾に乗る町衆の視点で描かれます。続いて「鉾を回しけり」という2カット目では、鉾を回す人々を映し出します。ということは、カメラは地上の見物席に置かれているはず。ややロングショットで広い構図を用いています。こうした映像はエスタブリッシュ・ショットと呼ばれ、なくてはならないもの。場所の状況や人物の位置関係を、観客に認識させるためのものです。ここでは、鉾回しの全体像を見せるために必要なカットとなります。鉾の上と地上。一句の中でカメラの位置が変わり、ダイナミックな映像効果を上げている作品です。

空撮

断崖をもつて果てたる花野かな　片山由美子

この句はヘリコプターに乗って空から地上を眺めたような情景をうたっています。こうした撮影手法を空撮と呼びます。どこまでも続く花野が突然途切れて海が始まる。そこには断崖が屹立しているのです。作者自身、英仏を隔てるドーバーの崖をイメージしたと語っていますが、花野という色に溢れた空間の先に広がるのは暗い海です。まるで断ち切られるように、突然終わる豊かな世界。読者がこの句に惹かれるのは、人生の寓意を見出すからかもしれません。あえて言葉にすれば命の儚さや抗いがたい運命など。空撮でなければば、おそらく印象は全く変わっていたことでしょう。カメラワークはこんな風に、映像に特別な意味を持たせることができます。

ワイドレンズ

カメラの位置だけが重要なのではありません。レンズにはワイド、標準、望遠、マクロ、魚眼などの種類があり、適切なものを被写体によって使い分ける必要があります。まず、ワイドレンズ。広い画角を持っていて、場所の全体像を映し出すことができます。特に店内のような狭い場所で威力を発揮します。料理番組の厨房のシーンは、ほとんどこのワイドレンズで撮影されています。ピントが手前から奥まで合うので大変便利ですが、画面の中央のものは大きく、端に行くほど不自然に小さくなってしまいます。それだけでなく、画面の端のものが湾曲したり色が滲んだりもします。

投げ出して足遠くある暮春かな　村上鞆彦

典型的なワイドレンズの句です。目の位置にカメラが置かれ、投げ出した自分の足を写しています。ワイドレンズなので体はゆがみ、離れた足は実際よりも遠く小さく見えます。それが「足遠くある」というフレーズが描く世界です。暮春は、春がまさに果てようとする時期のこと。何となく物憂く艶めいた季語です。体の一部であるはずの足さえも遠く感じる作者。心象的な風景を、ワイドレンズが見事に映像化して見せてくれています。

望遠レンズ

人の上に花あり花の上に人　阪西敦子

望遠レンズは、遠くのものを大きくはっきり見せる特性を持っています。同時に映像に奥行きがなくなってしまいます。手前のものと奥のものがくっついているように見えるのです。こちらはその望遠レンズをうまく使った句。上野の山を想像してみてください。斜面に沿って桜が植わっています。その下を人並みが移動しています。本来離れているはずの、桜と見物客の奥行きが縮まるために人の上に桜が乗っかっているように見えます。さらにその桜の上に人波。カメラは下から上へゆっくりとパンアップしていきます。望遠レンズのパンは難しいもの。わずかなブレが、望遠では拡大されてしまうからです。掲句を実際に撮影するには熟練したカメラマンと防振装置が必要ですが、言葉の上でなら誰でもクロサワのような映像を撮ることができます。

マクロレンズ

小さなものを大写しにするときはマクロレンズを用います。普通のレンズの焦点距離は数十センチ。それより近いとピンボケになってしまいます。これでは小さな花を大写しにすることはできません。そこで活躍するのがマクロレンズです。レンズが被写体にくっつきそうになるまで寄れるので、小さな世界の描写に最適。十円玉を画面いっぱいに写すことも可能です。

さんしゅゆの花のこまかさ相ふれず　長谷川素逝

春になると黄色い花をつける山茱萸。4～5ミリの花が集まって咲くので、少し離れると黄色一色に見えてしまいます。でもマクロレンズなら花の一つ一つ、蕊の一本一本まではっきりととらえることができます。掲句の「相ふれず」という表現は、小さな花の映像を拡大してピントがきちんと合っていることを示しています。

フォーカス送り（ピン送り）

撮影上の技法についても解説してみましょう。望遠系のレンズを使うと焦点（ピント）の合う奥行きがごく浅くなるのは「花の上に人」の句で説明した通り。その特性を使って、意外性のある効果を上げることができるのです。

くもの糸一すぢよぎる百合の前　高野素十

ぼんやりした白い背景に、一本の光る糸が映し出されます。一瞬何かわかりませんが、風に揺れる様から蜘蛛の糸だと気づきます。このとき焦点は蜘蛛の糸に合っています。次に、蜘蛛の糸がぼやけて溶けるように姿を消し、背景が見えてきます。ぼんやりした白いものが、くっきりと姿を現し百合の花であったことがわかります。これがフォーカス送りです。手前の蜘蛛の糸から後ろの百合へ。わずか数センチ、もしかしたら1センチに満たない焦点距離の違いが劇的な映像効果を生み出します。

　ワイド系のレンズでは手前から奥までべったり焦点が合ってしまうので、この効果に適しません。初めから蜘蛛の糸と百合の両方が見えてしまいます。ここは望遠系のレンズでなくてはなりません。もう一つ例をご紹介しましょう。

コスモスにピント移せば母消ゆる　今井　聖

　コスモスの前で記念写真を撮っている。そんなシーンでしょうか。ここでもレンズの光学的な特性が利用されています。望遠レンズではピントの合う距離が限定されます。数センチの奥行きの違いではっきり見えたり、ぼやけたり。その特性を活かした掲句。手前の母にピントが合えば背景のコスモスはぼける。反対にコスモスに焦点が合えば、母が消える。ぼけるではなく、「消ゆる」とした点に注目してください。まるで母がいなくなったように感じられませんか。年配の母であれば、地上から旅立ってしまったかのような寂しさを一瞬感じます。だから「消ゆる」。季語のコスモスは身近な親しい花。家族の思い出とともにアルバムに収められる花。そして冬が来る前のひとときを彩る花。母の晩年を飾るにふさわしい花です。

移動ショット

夏帽子木陰の色となるときも　星野高士

夏帽子は暑さを防ぐためにかぶる帽子。麦わら帽子やパナマ帽、カンカン帽がそれにあたります。木陰の色となるときも、ということは木陰を出れば空の色。風の色。海の色。主人公の移動に合わせて様々な色に照り映えます。最近では帽子をかぶる男性が減ってしまいましたから、時代は昭和か大正。避暑地の一場面なのかもしれません。パナマ帽であれば、レトロな白い麻のスーツが似合います。これが映画であれば、カメラは主人公にゆっくりとついて動きます。ドリーと呼ばれる撮影手法です。滑らかに動くために、レールを敷いたり防振台付きの車に乗せたりします。移動感を増すために、近くに何かを引っ掛けて撮影します。例えば、近景に疎林を置き中景に帽子の主人公を歩かせます。カメラの移動に合わせて手前の木が見え隠れし、その向こうの木陰をゆく夏帽子が見えます。遠景には日の当たる山並みがあります。帽子に落ちる木の影が変化し、様々な模様を描きます。移り変わる背景と光が、広大な空間を感じさせます。

スローモーション

翅わつててんたう虫の飛びいづる　高野素十

この句は、てんとう虫が茎を登ってゆくところ。先端にたどり着くと、もう登ることができません。さあ、どうするだろうと見ていると、ぱかっと硬い翅が割れ、その下から薄い翅が現れました。羽ばたくや見る間に飛び立ってゆきます。小さな世界をルーペで覗きスローモーションにしたような味わいがある一句。俳句では、一瞬の動作を丁寧に描写することで時間がゆっくりと過ぎるような効果が生まれます。

タイムラプス

さくら咲く氷のひかり引き継ぎて　大木あまり

時間をゆっくり進めるスローモーションもあれば、時間を早く進める技法もあります。コマ撮りと呼ばれる手法で、通常のビデオであれば一秒三十コマですが、一秒一コマとか、一分一コマというように間隔をあけて撮影します。すると三十秒が一秒に。三十分が一秒に。早送りの映像ができあがります。花が高速で開いたり、月と太陽が天空を駆け抜けたりする映像をご覧になったことがあるでしょう。最近の動画の世界ではタイムラプスとも呼ばれます。掲句は、それを思わせる一句。川か湖のほとりの桜でしょうか。はじめ、水面は氷に覆われています。日がさしてみるみる氷が溶け桜が開きます。氷の光がそのまま桜に移ったかのように見える動画です。一か月くらいの映像が一句になっている感じでしょうか。時間をコントロールすることで、現実では感知しえない美を作り出すことができる。そんなことを教えてくれる一句です。

さて、かねてより俳人たちは様々な技法に挑戦してきましたが、一句を動画として読み解くことで作品に対する理解が深まります。俳句を動画としてとらえることを不思議に感じる方もいるかもしれませんが、映画評論のように様々な作品に応用し、従来の作品を再評価することも可能となるかもしれません。俳句の「秘密」をテクニカルな言葉で記述できるようになれば、より多くの人に俳句の魅力をわかってもらえるようになると信じています。このささやかな句集『四神』は映像的な表現に意を用いた作品です。編集技法、カメラワーク、レンズの特性などを想像しながらお読みいただき、一層楽しんでもらえたらと願っています。

二〇二三年十月

蜂谷一人

著者略歴

蜂谷一人（はちや はつと）

1978年　NHK（日本放送協会）入局
1993年　「驚異の小宇宙・人体II　脳と心」で橋田賞受賞
2000年　「未来への教室　差別と戦うスーパーモデル」で日本賞受賞
　　　　「BS俳句王国」プロデューサー
2003年　「列島縦断俳句スペシャル」プロデューサー
2005年　句画集『プラネタリウムの夜』刊
2011年　「NHK俳句」プロデューサー。以後、「俳句さく咲く！」「歳時記食堂～おいしい俳句いただきます～」等の俳句番組を立ち上げる。
2014年　「栗木京子・季の観覧車」挿絵を共同通信に連載
2016年　第31回俳壇賞受賞
　　　　「NHK俳句」テキスト表紙の原画を連載
2017年　岡山県芸術文化賞受賞
　　　　句集『青でなくブルー』刊
2021年　超初心者向け俳句百科『ハイクロペディア』刊

現在　NHK文化センター、朝日カルチャー講師
　　　YouTube版ハイクロペディア　俳人インタビュー配信
　　　いつき組　街　玉藻　所属
　　　俳人協会　日本伝統俳句協会　所属
　　　mail : puffin8823@me.com

句集　四神《しじん》

2024年1月21日　初版発行

著　者　　蜂谷一人

発行者　　鈴木　忍

発行所　　株式会社 朔《さく》出版
〒173-0021　東京都板橋区弥生町49-12-501
電話　03-5926-4386　　振替　00140-0-673315
https://saku-pub.com　E-mail　info@saku-pub.com

装　画　　蜂谷一人
装　丁　　奥村靫正・星野絢香／TSTJ
印刷製本　中央精版印刷株式会社

ISBN978-4-911090-04-6　C0092　￥2500E